No dia em que não fui

Andressa Arce

No dia em que não fui

São Paulo, 2024

PATUÁ
EDITORA

EDITOR
Eduardo Lacerda

ASSISTENTES EDITORIAIS
Amanda Vital, Gabriel Santana, Içara Bahia,
João Vitor Nascimento, Raquel Alves, Ricardo Escudeiro

REVISORA
Gabrielle Estevans

CAPA E PROJETO GRÁFICO
Roseli Vaz

ADMINISTRATIVO E COMERCIAL
Pricila Gunutzmann

ADMINISTRATIVO E MARKETING
Sofia Fernandez Gunutzmann

EXPEDIÇÃO
Sheila Gomes

EVENTOS
Flavio Rodrigues

Catalogação na publicação
Elaborada por Bibliotecária Janaina Ramos – CRB-8/9166

A668n

Arce, Andressa
No dia em que não fui / Andressa Arce. – São Paulo: Patuá, 2024.

86 p.; 14 X 21 cm

ISBN 978-65-5864-981-6

1. Romance. 2. Literatura brasileira. I. Arce, Andressa. II. Título.

CDD 869.93

Índice para catálogo sistemático
I. Romance : Literatura brasileira

Editora Patuá - Livraria Patuscada
Rua Luís Murat, 40
Vila Madalena - São Paulo - SP
(11) 96548-0190
editorapatua@gmail.com
www.editorapatua.com.br

No dia em que não fui

Andressa Arce

Talvez o esquecimento, como uma nevasca suave, pudesse entorpecer e esconder aquilo tudo. Mas aquilo tudo era parte de mim. Era a minha paisagem.

Sylvia Plath

— Prefácio

Que caminho traça o falar feminino até que seus contornos possam livremente dançar pelo mundo? Quais são as bordas do silenciamento que precisam ser estilhaçadas para que a matéria viva dos escritos de mulheres possa, enfim, lançar seus feitiços terras afora?

A escrita chega, para Andressa, num primeiro momento, como um esburacamento. É na trilha daquilo que não pode ser mencionado que as frases a alcançam. A partir daí, e esticando o fio reteso das palavras embatucadas, a escritora recém-descoberta adentra o jogo infantil da Cama de gato: manipula as cordas dos significantes para formar novas imagens acústicas. Escreve com as mãos, mas também com a boca, o peito, os punhos e o pulso. Com seu jogo de cintura, desvia da verborragia para dar lugar a um não-dito.

Andressa, como todos nós e ainda bem, está condenada à linguagem. Presa, prisioneira, sentenciada: seu No dia em que não fui é uma tentativa, fortuita, de transgressão, de delinquência, de infração. Pistoleira e fora da lei, este livro que você tem, agora, em mãos, é, também, sua redenção. Nascida na capital sul-mato-grossense, seu texto é, ao mesmo tempo, áspero e melífluo. E para contar essa história endurecida, debruça-se numa atividade escrevedora que aposta não nos grandes acontecimentos, mas na pequeneza do cotidiano. Seu livro de lançamento é a Travessia própria do Rubicão: um ponto de não retorno. Escreve para espiar, que nem criança arteira, o que está por vir.

E para contar o enredo das meias-irmãs Alice e Liana, Andressa faz pacto com a visão barthesiana do livro Gradiva, de Wilhelm Jensen: aceita entrar um pouco no delírio da própria narrativa apaixonada. Tal qual Zoé, aposta em não quebrar imediatamente as ilusões de quem a lê. É aos poucos, nos rincões das miudezas, que a escritora vai despertando cuidadosamente o leitor de seus sonhos para contar-lhes o que os espera em vigília, nesse reconto de vida-morte-vida.

A escrita é boa, diria Hélène Cixous, porque não tem fim. A escrita de Andressa é boa. E é boa, justamente, porque queima as pontes pelas quais já passou para que possa, com a pressa e a avidez de gente que redescobre o mundo, adentrar territórios outros. Mesmo quando virarmos a última página dessa leitura, sua escrita insistirá — e, nessa insistência áspera e melíflua, continuaremos enfeitiçados.

— Gabrielle Estevans
psicanalista, jornalista, especialista em Ciência Política
e pós-graduada em Literatura e Língua Portuguesa
para Contextos Educacionais

I.
A meia-irmã da filha única

Se eu a visse na rua, não saberia dizer que era minha irmã. Quiçá reconhecesse a afinidade genética no formato característico dos olhos. Duas amêndoas tristes, tais quais as da avó paterna. Nenhuma fotografia havia me permitido espiar antes do tempo.

A irmã, que tinha 16 anos, era um amontoado de retalhos. Histórias mal contadas que eu entreouvia quando circulava em silêncio entre os adultos para coletar as peças do quebra-cabeças que deixavam cair.

Pintava o cabelo com frequência e nem sempre o resultado era bom, havia sido matriculada em uma escola pública e os estudos não iam bem, tentou matar-se mas foi salva, sumiu de casa durante duas ou três semanas e foi encontrada em circunstâncias suspeitas.

Tivesse visto alguma foto sua, talvez conseguisse imaginar com mais facilidade o que poderíamos ter em comum. Ninguém pensou em assegurar-me tal gentileza.

Eu tinha sete anos de idade. Já sabia ler, escrever e fazer operações matemáticas básicas. Não fazia ideia, contudo, qual era a cara daquela outra filha do meu pai.

Caso me pedissem para desenhar minha família, traçaria três figuras no papel. Meus pais. Eu.

Uma filha única assombrada por vultos fraternos de feições borradas — além dela, havia outras duas, a muito estudiosa que já trabalhava e a que frequentava a universidade pública à noite.

Essas irmãs rondavam-me como esculturas ancestrais de culto proibido aos não iniciados. Grandes, distantes, intocáveis.

As gigantes de pedra recusaram-me até que uma delas decidiu levantar-me o véu e convidar-me para a ciranda.

— Você gosta de circo, não gosta, Alice? Liana disse que também quer ir. Podemos ir no sábado. Que tal?

Foi assim que meu pai anunciou o primeiro encontro.

Em poucos dias, daria um rosto à minha irmã.

No sábado, finalmente, iria conhecer Liana.

Minha mãe penteou meu cabelo e o amarrou num rabo de cavalo, pois estava calor. Escolhi vestir um conjunto de malha de algodão roxo. Um short e uma blusa sem mangas. Raramente saía sem minha mãe.

Sentei-me ao lado do meu pai sem afivelar o cinto de segurança. Saímos da periferia em direção a um bairro nobre da cidade, onde ficava a casa das minhas irmãs, que revelava um passado de glória daquela família.

Ela nos esperava na calçada. Vestia calça jeans e uma blusa branca cuja gola navegava entre os ombros. Era alta, magra e tinha no rosto quase os mesmos traços que os meus.

Entra no carro, dá um beijo na bochecha do meu pai e sorri para mim. Eu sorrio de volta, um pouco constrangida. É uma moça. O que se fala a uma moça?

Fomos ao circo que estava instalado no horto florestal.

Era noite e a iluminação nos arredores da tenda parecia improvisada. Vários fios e adaptadores e extensões espalhavam-se no chão de terra. Meu pai me advertia para tomar cuidado e não tropeçar.

Agarrei-me com força à mão do meu pai. Não sabia o que fazer com uma irmã. Minha primeira irmã. A única que quis me conhecer.

Antes do início do espetáculo, compramos pipoca e algodão-doce. Sentamos na arquibancada de madeira para assistir aos palhaços, mágicos e trapezistas. Senti medo do globo da morte. O barulho das motocicletas tirou-me a atenção das manobras realizadas com maestria pelos homens de capacete.

Na saída, vi dois elefantes na área externa. Observei a grandiosidade dos animais, o couro áspero e os olhos desolados.

Deixamos minha irmã em casa.

— Gostou da sua irmã?

— Sim — respondi com um sorriso.

Perguntei-me se ela também havia gostado de mim.

Minha irmã começou a usar drogas com 15 anos.

Reprovou duas vezes seguidas no colégio particular. Foi, por isso, matriculada em uma escola pública.

Lembro-me de uma vez em que meu pai passou dias rodando a cidade à sua procura. Ela havia fugido. Ele a encontrou magra e doente numa casa com desconhecidos.

Após a aula, um tempo depois, fui, com ele, buscá-la no consultório da psicóloga. Disse-me, muito sério:

— Ela sempre engana as psicólogas. Foi assim da última vez.

Entre as atividades terapêuticas propostas à minha irmã, estava assistir ao filme *Eu, Christiane F., 13 anos, drogada e prostituída*. Nós o vimos numa tarde durante as férias. Rebobinamos a fita VHS e demos play de novo.

A Christiane F. que eu via na tevê era um duplo de Liana: cabelos longos bem lisos, rosto delicado, testa proeminente, queixo pequeno.

Assisti à película como se estivesse diante de um registro de seus hábitos obscuros. Até então, tudo o que tinha eram fragmentos das conversas dos adultos.

Nunca havia ouvido a palavra "abstinência". Descobri que ela doía tanto quanto uma adaga no peito porque Christiane F. suava, chorava, urrava. Para aliviar a dor, ingeria com avidez goles e goles de bebida alcoólica diretamente da garrafa. Porém, antes da abstinência, antes da dor da falta, Christiane F. parecia alegre e muito livre. Com um sorriso idêntico ao da minha irmã.

Nunca soube que droga Liana usava. Nunca mais assisti a *Eu, Christiane F.*

O paço municipal fica na rua principal da cidade. Liana se apresentaria no teatro do edifício público em uma montagem da paixão de Cristo feita pela escola.

Acompanhei-a no ensaio, que ocorreu na manhã da estreia. Adolescentes sentados na plateia, adolescentes nas coxias.

Minha irmã levou-me ao camarim. Conheci a magia dos bastidores: os espelhos enfeitados com lâmpadas, os balcões para se maquiar, as meninas seminuas experimentando seus figurinos.

Saí de lá para ver o palco de uma perspectiva que me era nova. Enquanto sentia na ponta dos dedos o macio do veludo das cortinas azul-marinho, observava uma cruz cenográfica muito iluminada por um holofote. Jesus seria crucificado ali. Um moço loiro de cabelos lisos na altura dos ombros. Todo mundo gosta de um Jesus bonito.

À noite, Liana entrou em cena vestindo uma túnica rosada. Jesus morreu na cruz e ela não disse uma palavra.

Minha mãe atravessou meu quarto e abriu com força a janela veneziana. O barulho e a claridade acordaram-me.

— Anda, veste o maiô. Seu pai vai levar vocês no clube.

Liana já estava de pé há alguns minutos. Disse-me bom dia, na cozinha, enquanto mordia o pão francês. Observo o copo de leite alto escurecido por muito achocolatado. Gostaria de ser magra para poder tomar isso todo dia. Como não sou, pego uma banana.

Meu pai não tinha um carro normal. Ele tinha uma kombi. Mas também não era uma kombi normal. Era uma kombi com carroceria. Cabiam duas pessoas à direita do motorista. Eu e minha irmã.

A piscina do clube esperava-me fresca e brilhante. Ansiava seu abraço índigo, cheio, semiolímpico. Meu coração flutuava leve na alegria de estar submersa. Liana preferia espreguiçar-se sob o sol para amolecer os pensamentos e dourar a pele. Ela buscava a beleza; eu, a imensidão do mergulho.

Salto de ponta na metade do retângulo e nado no estilo peito até a parte funda. Peço à minha irmã para jogar alguma coisa que pudesse buscar como se fosse um tesouro. Ela joga os óculos escuros. Espero o pouso do objeto no chão azul-claro. Pego ar e afundo. Tento ficar o mais próximo possível dos azulejos.

Passo os dedos na poeira que neles se depositou com alguma curiosidade. Como, a despeito de todos aqueles metros cúbicos de água, podiam os ladrilhos descansar a sujeira fina? Sinto o cloro arder-me os olhos enquanto me direciono à superfície. Liana me olha com um sorriso.

Chamo-a para que venha brincar comigo. Podemos ser sereias. Ou dançarinas de balé aquático. Liana não se intimida e pula na água. Ela me coloca sobre os ombros e eu me sinto como um farol capaz de orientar o mais perdido dos marinheiros.

A casa tinha um quarto vago. Um colchão, um guarda-roupa pequeno que armazenava as minhas bonecas, uma estante com televisão.

Era onde Liana dormia quando vinha nos fins de semana. Um ano depois do nosso primeiro encontro, suas visitas tornaram-se frequentes. Eu ficava lá o máximo que podia.

No cômodo, havia também um aparelho de som com entrada para cassete. Nele ouvíamos as fitas que ela trazia. Um compilado de suas músicas favoritas que tocavam na rádio ou extraídas pontualmente de discos que amigos emprestavam.

Mostrou-me *Vá pro inferno com o seu amor* nas vozes de Chitãozinho e Xororó. Achava que sertanejo não combinava com seu estilo, mas me explicou que essa era muito boa de cantar. "Só eu ame-e-eiiiiiiiiiiii, você não me amou", entoava com entusiasmo, gritando "ihuuuuuu". Passei a amar.

De repente, um reggae: "You are my sunshine, my only sunshine, you make me happy when skies are gray". Ritmado. Descontraído. Dançante.

Minha irmã inventou uma coreografia para essa canção. No refrão, fazíamos um passo levantando um joelho e movendo os braços. Três para cada lado.

Ensinou-a para as outras crianças na minha festa de aniversário, em que ela usou um suéter cinza do meu pai, que caía largo no torso. Dançávamos com propriedade porque havíamos ensaiado com antecedência. Fiz nove anos de idade — nem à primeira dezena tinha chegado, ela já alcançava a maioridade —, enquanto executava os movimentos num *pas de deux*.

Depois disso, Liana dedicou-se a fazer-me fã da Madonna. Naquele ano, ela e o Michael Jackson fariam shows no Brasil. Era tudo o que se falava na tevê. Duas estrelas nos passariam de raspão.

Combinamos assistir à estreia do videoclipe de *Rain* no Fantástico. Um azul gelado tomava a tela que mostrava a cantora de peruca preta e olhos muito claros. Alguns dias depois, presenteou-me com uma fita cassete: de um lado, sucessos retirados de *The Immaculate Collection* — *Vogue* e *Express Yourself* eram as favoritas —; do outro, o *Erotica,* álbum mais recente da Madonna, que ela havia comprado durante nosso último passeio no shopping.

Foi inevitável. Nossos pés brilharam e o chão do quarto ardeu feito pista.

Liana segurava a boca do balão amarelo com as pontas dos dedos da mão esquerda. Escreveu "Lyla", em letras de forma, com a unha do indicador direito. Usava garras longas pintadas de marrom escuro.

— O que é Lyla? — perguntei.

— Meu apelido — respondeu.

— Nunca vi ninguém chamar você assim — disse com um ar de desconfiança.

— É como meus amigos me chamam — ela explicou.

Meu sonho era crescer e tornar-me bonita como minha irmã. Usar os cabelos compridos soltos e bem lisos, passar maquiagem nos olhos, ostentar um corpo esguio, mostrar as pernas longas. Era a adolescente mais linda que já tinha visto.

Traçou novamente seu apelido no balão. Observei, pela primeira vez, as cicatrizes dos seus punhos finos, perpendiculares às veias azuladas. A pele era transparente e as marcas avermelhadas.

Venho de uma família espírita. Quase nada é mais grave do que um suicídio. O quanto ouvi que uma alma demora centenas de anos para reencarnar? Que se prepara imensamente para retornar à Terra? Suicidar-se era retirar a chance daquele espírito graduado. Eu achava que era coragem.

Meus pais haviam comentado sobre a tentativa de Liana. Minha mãe — ela tinha outra mãe; dividíamos apenas o pai — narrou a história que lhe fora repassada: a irmã mais velha chegou em casa e encontrou-a deitada na cama, sob a colcha. Perguntou-lhe "está tudo bem?", ao que respondeu "tudo sim". A irmã mais velha puxou a coberta e viu que Liana estava com os punhos abertos. Enquanto minha mãe me contava, imaginava minha irmã em seu quase leito de morte com os olhos cerrados e uma expressão serena no rosto. Como deve ter doído ter um segredo revelado assim. Tentar matar-se é algo muito íntimo.

Peguei o balão para mim. Segurei-o com firmeza com a mão esquerda, tentando imitar os gestos de Liana. Passei os dedos de minha mão direita em uma de suas cicatrizes.

— Não dói?

— Não.

— Demorou pra sarar? — perguntei com alguma timidez, ciente de que estava sendo enxerida.

— Tive de usar curativos durante umas três semanas mais ou menos. Eu quase cortei o meu tendão. Percebe essa bolinha aqui? — apontou no punho um pequeno amontoado de pele, que ela apertava como se fosse um brinquedo — Teria sido pior se eu tivesse cortado o tendão.

Eu não sabia o que era isso. Devia ser algo importante na anatomia do corpo. Sabia, porém, que não era permitido às meninas ter esse tipo de conversa. Mas queria conhecer a minha irmã.

— Você vê como o corte do lado esquerdo foi mais profundo? É porque eu sou destra — disse-me, olhando nos olhos.

— Destra é quem escreve com a mão direita, né? — falei, tentando soar esperta.

— Isso. Eu sou destra. Daí consegui cortar o punho esquerdo com mais força. Por isso quase rompi esta nervura.

Ficamos observando as cicatrizes e comparando os registros de cada golpe de gilete.

— Depois descobri a forma certa de cortar — lamentou Liana ao constatar o provável motivo do seu fracasso.

Lamentei também, em solidariedade, porque ela parecia realmente chateada com seu insucesso. Mas a verdade é que eu não queria que ela fosse embora de jeito nenhum. Por mim, eu trançaria seus cabelos até que eles se tornassem cinza.

A última vez em que a vi viva foi na rua da minha infância.

Minutos breves. Alguns sorrisos. Um abraço leve, apressado. Inclinou-se para encontrar minha bochecha com um beijo.

Reparei nos cabelos mais curtos e geométricos, no vestido florido de saia rodada, nas mãos dadas com o novo namorado.

Pareceu-me tão inteira, tão adulta empunhando aquele rapaz.

O crepúsculo turvou-lhe os olhos na despedida.

Nosso último encontro.

Na rua escura da minha infância.

Detestava acordar cedo. Mas era cedo que se fazia a feira e meu pai tinha duas casas para abastecer.

Passei a acompanhá-lo nos sábados de manhã porque Liana começou a ir. Não houve objeção dos adultos.

Sentava-me no carro entre ela e meu pai. Diante dele, minha irmã era tão menina quanto eu. Ele também era diferente perto dela: surgia uma austeridade que me era desconhecida e a voz grave ficava ainda mais profunda, dando volume e peso às palavras.

Sempre descobria um outro pai na presença de Liana.

No sinal vermelho, ele entregava-me os óculos escuros e pedia-me gentilmente para limpá-los em minha camiseta, algo que eu fazia com esmero. Esfregava com suavidade as lentes no algodão até que fosse embora cada mancha. Para me certificar do bom trabalho que havia feito, olhava o céu através do esverdeado do Ray-Ban. Devolvia-lhe com um sorriso. Percebia no rosto da outra passageira um rastro de ressentimento provindo desse gesto paterno. Por algum motivo, eram as minhas mãos que ele escolhia. Quando nela encontrava uma pincelada de rancor, sentia vontade de desaparecer.

Às vezes, pedia a Liana para mostrar-me sua lista de compras. Tentava desvendar diferenças nos hábitos alimentares daquela outra família, mas era a caligrafia que me prendia. Via os laços, os braços e as caudas das letras e imaginava quem as tinha deitado no papel após conferir de forma minuciosa a despensa. Qual das irmãs? A outra mãe?

Pedia também para segurar sua bolsa no curso da viagem. Colocava sobre o colo com cuidado e a acariciava como se fosse um gato. Era grande, em formato de saco, de couro preto, fechada por um cordão. Dentro, uma carteira com documentos e um pouco de dinheiro, uma escova de cabelo, uma bisnaga de creme para as mãos, uma caneta, um caderno, dois batons, alguns segredos.

Na feira, Liana e meu pai faziam o percurso, cumprindo suas listas, com certa agilidade. Gostava de acompanhá-los para saber diferenciar uma folhagem da outra, provar o dulçor da uva, imaginar no dente o branco da acelga, desejar as maçãs lustrosas e muito vermelhas que vinham embrulhadas num papel de seda violeta, caras demais para o orçamento familiar.

Antes de selecionar as batatas, Liana levantava o cabelo num coque que se fazia feito nó. Depois pousava os dedos nos tubérculos. Rejeitava os muito grandes. Acolhia os levemente acidentados. Fascinavam-me aqueles que brotavam a partir de seus múltiplos olhos pretos.

Não seriam plantados por ninguém.

Pedi a meu pai para ensinar-me a escolher frutas, numa tentativa de me fazer útil. Aprendi a sentir nas mãos as laranjas e os limões. Escolhia-os de acordo com a firmeza ao toque, a homogeneidade das cores e o brilhante da casca.

A feira é didática: seleciona-se o belo; esconde-se o velho.

O que me ficava na memória, porém, eram as verduras murchas, os tomates pisados e a delicadeza dos epicarpos machucados.

No dia em que não fui,

calaram-se os brotos das batatas sujas de terra e o amarelo das folhas mortas.

No dia em que não fui,

zuniram as frutas mordidas sob uma mantilha negra de moscas.

No dia em que não fui,

apodreceram os tomates não escolhidos por aqueles que vivem.

No dia em que não fui,

a mão roubou do porta-luvas o fogo.

No dia em que não fui,

ela estalou o tiro seco.

No dia em que não fui,

escorreu-me a irmã pelos dedos.

No dia em que não fui,

Fiquei.

Um véu de tule cobria o corpo de Liana. Repousava fino sobre o rosto plácido de quem fez a própria hora. A tez lívida. As narinas preenchidas por chumaços de algodão. A testa inchada.

Cobriram-lhe de cravos-de-defunto brancos até a cintura. Nas mãos, que repousavam sobre as costelas, uma flor amarela. Coloquei as minhas sobre as suas e apertei até sentir que minha pele também gelava.

Minha primeira irmã. Minha primeira morta.

Abracei meu pai escondendo os olhos e as lágrimas. Tentei dizer-lhe alguma coisa, mas não soube. Vi num canto as outras irmãs, que conversavam com primas que lhes eram contemporâneas. Agarrei-me à minha mãe durante quase todo o tempo em que estive no velório. Ouvi conversas sobre as circunstâncias em que Liana fora encontrada e sobre a demora na liberação pelo IML.

O caixão foi fechado após a celebração de uma pequena cerimônia religiosa. Meu pai, os tios, os primos e o namorado carregaram-no até o carro fúnebre. O cortejo seguiu em direção ao cemitério público onde meu avô havia sido enterrado.

Nunca se imaginou que o jazigo também se tornaria morada da filha mais nova do meu pai que não era eu.

Desceram-na vagarosamente até o fundo da cova. Nenhuma pá de terra foi vertida. Homens encaixaram sobre a abertura dois retângulos de concreto e, com suas pás, cimentaram-nos como quem passa manteiga numa fatia quente de pão.

Foi-se minha irmã não ao som de pássaros, prantos ou violinos, mas de timbres metálicos, afiados.

Ali, perto dos mortos, aos dez anos, dei-me conta do silêncio do fim. A saudade viria logo em seguida, perfurante.

A mim, irmã remanescente, caberia jamais cicatrizar.

II.

A filha única sem meia-irmã

Comecei a receber os convites de aniversário de 15 anos das colegas de classe, todavia as festas que realmente me interessavam eram as que me aguardavam na vida adulta. Se fizesse tudo certo, as glórias viriam. Minhas ambições nunca foram mansas. Por isso rezava.

Que Deus me afaste da mediocridade, amém.

Tinha repulsa ao ensino religioso, mas gostava do fácil acesso à capela, onde, antes do primeiro tempo, alimentava-me do silêncio dos santos. Nenhuma missa. Nenhum cântico.

A esperança vinha dos olhares piedosos das estátuas, da madeira dos bancos, do rosado dos vitrais. O templo consagrado ao vazio. O nada me tocava a alma e levava meu joelho direito ao chão.

Nossa Senhora, não me deixe ser ordinária.
Por favor,
permita-me o mundo.

As flores, as velas, os mantos e os olhos mortos pareciam me ouvir.

A disciplina era meu habitat natural. Recebia com facilidade as páginas dos livros e as linhas da apostila. Não tinha matéria favorita porque todas me percorriam, nutriam-me, machucavam-me.

Não saber abria na carne uma ferida já apodrecida, algo que minha assepsia não admitia. Nas narinas, porém, sempre o cheiro ocre e, na pele, o filete de sangue preto.

Estudar era o unguento adequado.

Compreendi cedo que não se pode ser burra quando a beleza é pálida e fosca. Sentava-me na primeira fileira da sala de aula. As boas notas asseguravam-me a simpatia irrestrita dos professores. Diziam-me que meu futuro seria um voo alto. Voo de ave predadora.

A simpatia dos colegas de turma era inversamente proporcional. Talvez a culpa fosse minha, pois não me esforçava para ser agradável. Aceitava, então, com deferência o estranhamento mesclado com a admiração.

Fiz uma curva, todavia, quando me apareceu o neto do poeta. Cabelo escuro, tez clara, íris esverdeada. Um par de botinas com vincos bem marcados no couro cru. Tinha a voz macia de quem às vezes se perdia no olhar bovino, ritmava o coração a cavalo e molhava as canelas na cheia.

Repetente.

Cruzou-me a fronteira ao oferecer os livros do homem cujo nome carregava. Ele me emprestaria todos que eu quisesse ler. Laçou-me, sem saber, com o sorriso e os poemas do avô.

Sentava-se ao meu lado ou atrás de mim durante a aula de literatura. Perguntava-me sobre os estudos e a faculdade que pretendia cursar. Contou-me da reprovação ocultando detalhes que pareciam importantes.

Eu demorava cerca de uma semana com cada livro que ele me entregava. Não sei como foi escolhida a ordem.

Pulei de ponta e mergulhei de olhos abertos no fundo de sua pedagogia, debruçando-me sobre restos, pássaros, musgos e insetos.

Passaram os dias, passaram os livros: tornei-me flor, folha, fruto e casca.

O neto do poeta quebrou-me a métrica.

Veio-me o primeiro poema de amor.

Recebi o 9,5 como uma punição.

A saliva amarga desceu-me garganta abaixo ao pegar a folha de papel.

Nove e meio.

Agarrei a prova com delicadeza e um sorriso que poderia romper em lava, não fossem os dentes. A raiva brilhante, líquida e fumegante.

O professor de trigonometria explicou que eu cometera um erro bobo. Disse: "Você se esqueceu de trocar o sinal no fim da equação. Vou descontar meio ponto para que nunca mais esqueça".

Para que eu nunca mais esquecesse.

As fórmulas habitavam-me como ervas daninhas. Espontâneas, frescas, muito enraizadas. Suscetíveis, porém, de serem arrancadas por mãos vigilantes que as julgassem desnecessárias.

Não sabia a real necessidade das fórmulas, contudo era tão bonita, tão íntegra, aquela matemática da escola.

As letras e os números dançavam leves no quadro negro. Flutuavam sob as mãos dos mestres que insistiam na importância da soma, da subtração, da divisão, da multiplicação.

Na maioria dos dias, calcular era mais fácil do que escrever.

O professor de redação disse-me, olhando-me nas pupilas, quase como uma bronca, quase como um afago, que eu não precisava frequentar suas aulas extras. "Vai usar seu tempo com algo de que você realmente necessite."

Os textos tornaram-se caudalosos nas laudas dos exames aplicados. Com cuidado, entretanto, para não transbordar.

Aprendi, assim, a agradar avaliadores.

Eu, a menina que se chateava quando tirava 9,5.

Inofensiva.

A primeira vez em que vi sangue foi no balé.

Durante os ensaios gerais que antecediam a apresentação de fim de ano, reuniam-se todas as turmas da escola. As adolescentes — na época, eu pertencia ao grupo das crianças — eram os flocos de neve de *O Quebra-nozes* e dançavam sem tutu. Quando uma das meninas aterrissou de um *temps levé,* o vermelho pintou-lhe a meia-calça cor-de-rosa. Apesar dos cochichos e dos risinhos, ela seguiu. Só quem já tinha seios se compadeceu.

O balé não guarda espaço para piedade.

Nada ficava impune na sala de espelhos. O corpo imperfeito no *collant*, a perna que mal subia até o ângulo de noventa graus, as piruetas cambaleantes. Não havia como se esquivar do fracasso, especialmente quando se era desprovida de talento como eu.

Não desistia porque as professoras gostavam da minha disciplina; e, eu, da austeridade delas. Nos momentos em que entristecia ou me tornava invejosa diante de uma colega habilidosa, consolava-me listando no ar as coisas que eu fazia bem em outros setores da vida. Voltava, assim, a respirar.

Embora me sentisse um equívoco — as coxas roliças e o *derrière* saliente não me permitiam esquecer —, jamais deixava que me passasse despercebida a beleza. Maravilhava-me com os braços que se abriam feito asas, as mãos lânguidas dignas dos beijos de príncipes encantados, as cabeças que se alinhavam melancólicas a cada passo e o pescoço de cisne da mestra que havia sido primeira bailarina do Sttutgart Ballet.

Quase nada é mais bonito, doído e delicado do que um par de sapatilhas de ponta. Fitas, couro, dureza e cetim: mesmo com os pés protegidos sob as ponteiras, as feridas eram inevitáveis. A pele abria-se e demorava a retornar.

Era preciso ser leve, muito leve.

Para as criaturas diáfanas, os elogios sempre vinham. Um dia, ele me chegaria.

Comecei a frequentar algumas salas do mIRC para tentar encontrar meu mais novo interesse romântico: um garoto magro, de pele quase transparente e cabelos escuros longos.

Não houve demora entre a primeira conversa e o primeiro beijo na escadaria do shopping. Ele vestia uma camiseta de banda, tinha nos dedos alguns anéis e dois colares enfeitando o pescoço. Tirou-me dos lábios o gloss de glitter furta-cor.

Havia passado semanas imaginando como seria tocar aquele menino, observar-lhe de perto as sardas, sentir na minha pele seus fios castanhos. Nos meses em que ficamos juntos, compartilhou os amigos, contou-me dos problemas com o pai, emprestou-me seus discos — recusei-me a devolver Celebrity Skin, do Hole —, deu-me um livro, que disse ser maldito, de Aleister Crowley. Queria mostrar-me sua sombra, eu via um olho d'água suave e claro.

Depois da aula, apareceu no portão da minha casa com alguns poemas de sua autoria. Não eram de amor nem me pareciam bons. Até então, ele não sabia que eu também escrevia. Teci comentários, fiz apontamentos e sugestões. Talvez tivesse sido melhor calar-me e sorrir diante dos textos. As críticas esgarçam a gaze delicada do afeto.

O máximo que se despiu para mim foi por meio daqueles versos mal escritos.

O namoro findou em lágrimas, sem rimas, por incompatibilidade sentimental e poética. A experiência carnal pubescente, que pouco havia avançado, fora temporariamente interrompida. A curiosidade, contudo, permanecia bem viva.

Uma amiga mantinha em seu quarto cor-de-rosa, embaixo do colchão, uma coleção de revistas de homens nus obviamente voltadas para o público homossexual. As páginas transbordavam de línguas que buscavam outras, músculos rijos, membros inchados e sêmen derramado. A virilidade foi-me apresentada por mãos femininas.

Era bela e brilhante essa garota. Tinha notas tão boas quanto as minhas. Na escola, colecionava pretendentes. Contava-me de suas experiências e eu ouvia com atenção. Quiçá aprendesse alguma coisa que eventualmente pudesse colocar em prática; quiçá entendesse algo sobre o meu próprio desejo.

Ela pedia que eu fosse à sua casa para que pudéssemos estudar e tomar sol. Comprei um biquíni novo para acompanhá-la. As horas voavam e tornávamo-nos douradas, alegres e febris. Vez ou outra, quando os pais não estavam, perguntava-me se gostaria de assistir a algum filme pornográfico de seu pequeno acervo.

Um dia, enquanto escolhíamos esmalte no banheiro, roubou-me um beijo.

A cintura e o quadril afinaram e percebi-me satisfeita. O corpo finalmente correto, adequado. Tanto que, especialmente dos adultos, passei a ouvir um "nossa, como você está magra, bonita". O comentário vinha acompanhado de um sorriso.

Quando estava em frente a um prato, calculava o que poderia ser discretamente abandonado. Decidi que uma vida saudável era incompatível com o consumo de pão, bolacha, refrigerante, fritura e chocolate. Abandonei-os.

Tempos depois, deparei-me com a balança de uma farmácia muito iluminada. Apoiei no gancho minha bolsa pesada, mantive os tamancos nos pés e posicionei-me diante da pequena tela que exibiria o meu número, minha dimensão no mundo. Dois quilos a menos e um mar de júbilo.

Esperançosa de que meu organismo me recompensaria se fosse extremamente cuidadosa, passei a pesquisar as calorias dos alimentos, com o intuito de bem escolhê-los. Aumentei meu consumo de alface, rúcula e agrião. Comecei a tomar chá e infusões — não adoçados.

Sempre invejei as meninas que diziam não ter fome, tinham a barriga da Britney Spears e usavam blusas curtas sem se preocupar com sobras ou dobras. Os ilíacos muito saltados apoiando o cós baixíssimo da calça jeans de manequim 36, os braços e as feições finas, a beleza de quem naturalmente é.

Os filmes e as revistas ensinaram-me que magreza e elegância andam lado a lado. Admirava os decotes que revelavam não os seios, mas a marcação do esterno e as clavículas esculpidas. Nas costas, os desenhos das costelas: a perfeição das linhas paralelas movendo-se sob a pele.

Gostaria de ter nascido com a silhueta da Audrey Hepburn. Não dei sorte. Nada me impedia, contudo, de buscar o que me era tangível.

Nada me impedia de cavar à procura dos meus próprios ossos.

Ninguém conta do transtorno que causa ganhar peitos e bunda.

A puberdade recém havia me atingido quando, enquanto brincava no mar, um homem acompanhado da filha pequena pegou na minha mão e disse algo obsceno no meu ouvido. Saí correndo, com nojo dele — e talvez de mim —, perguntando-me o que havia feito de errado.

À medida em que perdia peso, as coxas, os seios e os quadris murchavam e eu conquistava a liberdade.

Saía com as amigas e poucos meninos olhavam para mim. Às vezes, retribuía. Conseguia um beijo aqui e ali, uns amassos. Nada que me queimasse as entranhas ou pudesse me enfeitiçar.

Tornei-me boa confidente. Gostava de ouvir sobre as paixões que não tinha: os telefonemas ignorados, os retornos dos amados para as ex-namoradas, as caminhonetes que dirigiam, as promessas que haviam feito em vão. Entendi que a reciprocidade era rara.

Sentia-me em atraso vendo aquelas histórias de amor passar. Como se houvesse dado um passo para trás. Uma pausa.

Um dia a menstruação cessou. Nenhum risco de que estivesse grávida. O corpo parou porque não suportava mais sangrar. O pacote de absorventes ultrafinos, com abas, de cobertura seca, ficou obsoleto. A embalagem azul dizia "sempre"; mentalmente, respondia "nunca".

Li numa matéria de jornal que a amenorreia ocorria com frequência em pessoas com anorexia, assim como a queda de cabelo, a pele seca sem brilho e o surgimento de uma fina camada de pelos. Também a morte era comum. Imaginei-me sendo apagada como um desenho a lápis numa folha de boa gramatura. Ficariam os farelos e o fantasma do traço.

Um documentário revelou-me que o transtorno alimentar era como uma adicção. Foi o que disse a voz da médica especialista enquanto, na tela, viam-se duas mulheres-esqueleto fumando no pátio de uma clínica psiquiátrica norte-americana.

Assenti com a cabeça porque vi no espelho o acerto da afirmação: o vício em não comer era minha companhia mais íntima.

Quando, no noticiário, anunciaram a morte de uma jovem no interior do Estado em decorrência da doença, espantei-me. Escapava-me que a cardíaca pudesse figurar entre as paradas possíveis.

Repousei a mão no esterno e diagnostiquei:

Nenhuma paixão,

Mas ainda o pulso.

A fome não me abandonava. Por isso, tive de desenvolver uma estratégia.

Havia trocado o jantar por uma xícara de chá — sem açúcar — e uma fatia de mamão. Antes, comia arroz, um pouco de feijão, carne e salada.

Apoiava a fruta num prato raso, jogava as sementes brilhantes de lado, cortava a polpa bem rente à casca até a metade da barca e fazia pequenos retângulos macios, que levava vagarosamente à boca.

Esperava o pedaço derreter na bochecha e mastigava devagar, entre um gole e outro da bebida quente. Fatiava com esmero e aproveitava cada garfada lenta.

Se eu demorasse, o corpo talvez entendesse que aquele pedaço de mamão — bonito, fino, colorido, saudável — era mais do que suficiente. Afinal, do que mais uma garota de 16 anos poderia precisar?

Quando me sentia mais faminta do que de costume, alimentava-me também das sementes, mesmo que me causassem alguma repulsa com sua textura escorregadia e seu gosto ardido.

O chá servia para ajudar na sensação de saciedade e no prolongamento do rito, que deveria durar cerca de uma hora.

Ao final, se a fome ainda desse notícia, bastava fingir que a havia matado, assistir à novela e dormir.

Abri os olhos e percebi que estava deitada. A cabeça ainda muito leve demorou a entender. Deslocava-me em direção à cozinha para buscar uma maçã. De repente, o chão.

Caí no meu quarto, no tapete vinho. As dores da queda eram sutis. Eu me demoraria ali até que minhas nuvens escuras dispersassem, até que as estrelas sumissem das pálpebras.

Os desmaios aconteciam com alguma frequência, mas eu tinha sorte. Não havia testemunhas. Bastava, então, levantar-me e seguir.

O cansaço acompanhava-me com uma certa constância, como que pendurado no pescoço. O sono demorava a chegar e a fome despertava-me muito cedo, o que vinha a calhar nos dias de semana. Aos sábados e domingos, porém, era um problema. Tinha de suportar a casa silenciosa, resistir à vontade de morder um pedaço de pão e ocupar-me de algo que aniquilasse a longa manhã.

Enquanto meus pais dormiam, trancava-me, arrumava a cama, penteava o cabelo e despia-me. Colocava-me seminua na frente do espelho para admirar as veias e os vãos. Media a finura do braço envolvendo-o com o indicador e o polegar; um encontrava facilmente o outro.

Magra, mas apagada.

As brigas com a minha mãe tornaram-se constantes, especialmente à mesa. Ela insistia que eu comesse um pouco mais. Uma vez, impediu que eu me levantasse até que terminasse um pedaço amarelo de mandioca. Cada mordida foi temperada por uma lágrima.

Passava a maior parte do tempo embriagada de melancolia. Encontrava algum refúgio nas músicas, nos filmes, nos livros. Quando vi no cinema *Garota, Interrompida,* senti que aquela dor não era só minha. Era conhecida de outras meninas tristes que carregavam diagnósticos e causavam estranheza naqueles cujos caminhos cruzavam.

Um dia, enquanto descia as escadarias do colégio, um menino que foi meu colega de turma, que nem era meu amigo, perguntou-me se eu estava doente. Quis saber o que havia acontecido comigo, por que estava daquele jeito. Eu disse que só havia perdido peso e que, na verdade, estava muito bem, obrigada. Encarou-me com tanta desconfiança que senti raiva, tanta que poderia tê-lo comido vivo.

A raiva só não era maior do que a solidão.

A cada gole, perdia-se a tia bem-sucedida.

Servidora pública de carreira exemplar, dedicada, bem-quista e estudiosa. Até que as doses de uísque começaram a roubar-lhe o prumo.

Tentou as reuniões dos Alcoólicos Anônimos, a bebida, contudo, continuou tomando-lhe a doçura e os dias. Havia o risco de que também lhe tomasse o trabalho e a renda.

Os médicos entenderam que a melhor saída seria interná-la até que se restabelecesse. Minha mãe e minha avó acharam que seria uma boa ideia que uma adolescente frequentasse ocasionalmente a clínica psiquiátrica para ver a parente querida.

As visitas aconteciam no período vespertino e, às vezes, pareciam durar uma eternidade. Levava um livro, um caderno e uma apostila para que, nos espaços em branco, pudesse me ocupar de algo.

A tia ora estava grogue por conta da medicação, ora estava lúcida e guiava deliciosamente as conversas sobre amenidades. As roupas amassadas e o cabelo desgrenhado — com ondas furiosas de ressaca — não eram capazes de esconder-lhe o charme e a perspicácia. Quando lhe perguntavam se estava bem, respondia, com sarcasmo, que estava melhor do que nunca, enquanto tragava a fumaça do cigarro.

Minha mãe comprava maços e maços que eram consumidos com a rapidez com que o fogo lambe o cerrado na seca. O tabaco aliviava a dor da falta.

Passeava no jardim para apreciar o verde e catar flores mortas no chão. De longe, observava a angústia silenciosa dos internos, as feições acolhedoras das enfermeiras e o ar intranquilo e pesado dos visitantes.

Com o passar do tempo, fui apresentada a outros pacientes: um rapaz alguns anos mais velho do que eu, bem-apessoado e simpático, que estava lá há três meses tentando livrar-se de algum vício; um senhor de barba e cabelos brancos que parecia ter sido muito distinto, mas que agora estava amarrado à cama e guardava em si a violência de um uivo; uma mulher triste que tinha um marido cuja cara parecia afundar a cada troca de palavras com estranhos.

Eu, que tanto admirava aquela tia, temi que esse pudesse ser o meu futuro. Nos corredores daquele lugar, entendi que, numa terça-feira qualquer, a loucura pode bater à porta e convidar-se, sem cerimônia, para entrar. Está na esquina à espreita, gosta de gente que brilha e, quando abraça, parece não ter fim.

A tia, eventualmente, recuperou-se. Não conseguiu retomar sua vida plenamente, porém. Alguns estragos não são suscetíveis de reparação.

Descobrir a existência do ponto de não retorno é ter em si o assombro de que sempre se está à beira de.

Uma consulta uma vez por semana. Minha mãe acompanhava-me nervosa, desolada. A saliva parecia faltar-lhe, as palavras pareciam engoli-la. Eu precisava engordar. Minha meta secreta era sempre perder.

A nutricionista atendia-me à tarde depois da aula. Quando eu saía de lá, já era noite. Recebia-me de jaleco e sorriso brancos: alta, cabelos longos, ondulados, grisalhos.

Contava-lhe como havia passado a semana e quantas refeições diárias estava conseguindo fazer. Olhávamos o plano alimentar e eu dizia "isso eu comi", "aquilo não consegui incluir".

Levou três meses para me convencer a tomar café da manhã. Passei a enfrentar uma xícara de chá mate com adoçante e uma maçã antes da escola. A nutricionista recomendou que trocasse o chá por um copo de leite ou de iogurte. Cedi desde que os laticínios fossem desnatados.

Eu resistia às sugestões e argumentava e via a frustração crua na cara da minha mãe. No almoço, concordei com a colher de arroz, mas não com a concha de feijão.

Despia-me e subia descalça na plataforma fria da balança. Quis morrer quando cheguei aos quarenta quilos porque me haviam roubado o prazer de ser cada vez menos carne, de ser cada vez menos.

Meus próprios ossos me perfuravam. Os quilos ganhos, porém, doíam bem mais. A derrota inflamava-me por dentro e a raiva escorria ácida no rosto. Queria gritar, mas era preciso ser polida. Nem sempre conseguia.

Enquanto me vestia depois da pesagem, perguntou-me, com a feição muito séria, se achava bonita a minha silhueta. Botei as mãos na cintura buscando o que excedia, abracei os ombros para sentir as saliências e procurei com os olhos o espaço entre as coxas. A nutricionista tinha o cenho franzido e minha mãe carregava em si o desapontamento. Era melhor não responder.

Meses antes, meus pais encurralaram-me no meu quarto numa manhã de domingo. Acordara bem cedo para ocupar-me das lições de gramática e fazer os exercícios da apostila, todos retirados de provas de vestibular.

Entre orações coordenadas sindéticas e assindéticas, orações subordinadas substantivas, adjetivas e adverbiais, entraram e falaram:

"Você está magra demais **e** estamos muito preocupados com a sua saúde." — *oração coordenada sindética aditiva.*

"**Caso** você não concorde em ver um médico psiquiatra e uma nutricionista, vamos ter de interná-la." — *oração subordinada adverbial condicional.*

O que antes era virtude tornou-se um monstro sorrateiro de dentes muito expostos, pontiagudos e famintos.

A nutricionista era paciente. O tratamento durou quase até a faculdade, quase até os meus 18.

Aos poucos, voltei a ser corpo.

III.
O punho, ainda

Liana,

Perguntei ao nosso pai na cozinha:

— Em que ano a Liana nasceu?

— 1975.

— Ah, então, tínhamos nove de diferença. E ela faleceu com quantos anos?

— Com 19 — respondeu, desenhando no lábio um sorriso triste.

— Pensei que ela fosse mais velha.

— Não.

A louça, os copos e os talheres calaram-se.

Se você pudesse escutar meu pensamento cantarolar, ouviria "too soon, too soon".

Com amor,
Alice

Liana,

Nesses trinta anos desde sua morte, falei pouco sobre você com nosso pai.

Ele disse que você partiu de forma brutal. Chamou-me a atenção ele ter usado a palavra "brutal". Você realmente nos deixou de forma violenta. Direta. Sem cerimônias.

Chorei no abraço do nosso pai, vendo no olhar dele o seu. Contei-lhe que você foi a minha referência do que é ter uma irmã e que eu sentia muito que nós não tenhamos compartilhado suas histórias a fim de manter sua memória ainda mais viva. E eu sei que isso continuará assim porque dói demais lembrar. Especialmente para ele.

Depois de beijar minha cabeça, nosso pai estendeu-me um lenço de tecido que retirou do bolso traseiro direito da calça — item que apenas senhores nascidos na década de 1940 ainda podem portar com tamanha classe e distinção.

Sequei as lágrimas. Lembrei, com certa alegria na voz, que, apesar da diferença de idade, você brincava comigo. Minha mãe, que entreouvia a conversa, ingressou no cômodo portando panos de prato muito limpos e, enquanto os guardava na gaveta, recordou que você gostava de brincar de esconde-esconde com as crianças do bairro.

Consigo imaginar você correndo pelas ruas, ocultando-se atrás de um carro estacionado ou de um flamboyant florido, mancomunando-se com alguém com metade da sua idade.

Penso em tudo que não sei sobre você, tudo que não pude lembrar, tudo que esqueci.

Cubro com as mãos o rosto, conto vagarosamente até dez e grito "lá vou eu". Porque você ainda brinca de esconde-esconde comigo.

Com amor,
Alice

Liana,

Você começou a me ensinar o que é ter uma irmã mais velha e logo partiu. Fiquei com a lição incompleta.

Na adolescência, iniciei minha pesquisa de campo. Observava a irmã da minha amiga. A diferença de idade era parecida com a nossa.

Notava o desejo da irmã mais nova de seguir os passos da irmã mais velha — o vislumbre da independência da vida adulta, os amigos da faculdade, a disponibilidade da bebida alcóolica, a liberdade da pós-adolescência —, mas também de se afastar desse caminho já trilhado. Não queria cometer os mesmos erros. Porém, no fim das contas, como bem sabemos, são os mesmos erros que se cometem.

Quando se iniciou fiscalização em bares e boates, a irmã da minha amiga começou a assinar termos de responsabilização para mim porque eu era menor de 18 anos. É engraçado pensar que você poderia ter sido a responsável por me olhar e vigiar nesses lugares supostamente nefastos.

Ela me levou várias vezes para casa. Em algumas dessas viagens, ouvi sobre suas dores de amor. Por que os homens ignoravam aquelas que os amavam? Por que pareciam os amados tão indignos do afeto das mulheres? Essas questões nunca me foram esclarecidas. Talvez pudéssemos ter chegado a alguma conclusão juntas.

Você poderia ter me ensinado a contornar os lábios antes do batom vermelho, a fazer olho esfumado com um lápis preto de qualidade duvidosa, a pintar os cílios sem borrar. Eu copiaria seu visual com a maior felicidade do mundo.

A avó que compartilhávamos costurou para você um vestido florido. Fundo escuro, flores pequeninas, mangas curtas, decote quadrado, com botões na frente até a cintura. Escolhi um tecido parecido e acompanhei minha mãe na loja de aviamentos para selecionar os botões. Adorava escolhê-los, aquelas pequenas joias de plástico, madrepérola ou metal, com diferentes apresentações: dois furos, quatro furos, pezinho. Em casa, havia um pote de botões avulsos, que, com frequência, mostravam-se úteis. Eu tinha os meus favoritos.

Depois de muito pedir, ganhei um par de sandálias iguais às suas. De couro, pretas, pesadas. As tiras largas em trama abraçando o pé. Usei esse par até estragar.

Tinha 15 quando deixei de usar suas sandálias.

Com amor,
Alice

Liana,

Há uns meses, eu assisti ao filme *Io* e *te*, o último do Bernardo Bertolucci. Dois irmãos passam dias no porão de um prédio, por escolha própria, cercados de móveis e objetos pessoais de uma nobre italiana decadente.

A irmã é mais velha do que o irmão, que é adolescente. Ela sofre de crises de abstinência naquele lugar quase inóspito, pela falta de heroína. No final, ela se recupera, porém, há indícios de que voltará a usar a droga. Mas, naquele momento, está bem e viva. Uma artista brilhante, de cabelos longos. Apaixonante.

O irmão se abre para a vida a partir daquele encontro. Assim como você e eu, eles eram meios-irmãos e tinham uma convivência limitada. Tudo mudou naquele porão. E tudo mudou a partir de uma dança.

A irmã, vestida de condessa, começa a mover-se e cantar *Ragazzo solo*, *ragazza sola*, do David Bowie.

Dimmi ragazzo solo dove vai
Perchè tanto dolore?
Hai perduto senza dubbio un grande amore
Ma di amori è tutta piena la città

Ela convida o irmão para dançar. Abraçam-se com força, como se fosse aquele o momento em que realmente se reencontraram, entendendo-se, vendo-se, reconhecendo-se.

Quando vi essa cena, lembrei-me imediatamente de você. O tanto que eu queria que aquele abraço fosse nosso. Que fosse você a me perguntar "por que tanta dor?".

Revisitei esse trecho do filme mais de uma vez. Seja para lembrar de você, seja para poder chorar o que está represado.

Minha irmã querida, você partiu tão cedo que preciso recorrer à ficção para resgatá-la.

Com amor,
Alice

Liana,

Eu me lembro do conjunto cor de uva que usei no dia em que nos conhecemos

Eu me lembro do cheiro do estrume dos animais do circo aonde fomos com o nosso pai

Eu me lembro de quando você disse que meu cabelo era mais bonito do que o seu

Eu me lembro de quando você me ensinou a amassar os fios depois de lavá-los para criar ondas

Eu me lembro dos nossos passeios no shopping aos domingos

Da sua sandália preta da Redley

De quando assistimos ao show do Nirvana na tevê (aquele em que o Kurt Cobain cuspiu nas câmeras)

Do brilho das suas madeixas lisas

De você imitando a Madonna no clipe de *Rain*

De quando ficamos na fila, em frente ao cinema, para assistir a *Jurassic Park*

Eu me lembro de quando você cortou seus cabelos na altura dos ombros

Da sua amiga Daiane

Dos seus vestidos floridos

Do som da sua voz e da sua risada

Eu me lembro de como você me tratava com carinho

Do telefonema que anunciou a sua morte

Do rosto desolado do seu namorado no dia do seu velório

Do barulho das pás sobre o concreto quando cimentaram sua lápide

Eu me lembro de tanto e, ao mesmo tempo, de nada

Minha saudade é mais composta de sensação do que de lembrança

A sensação de ter tido uma irmã que me amou.

Sua,
Alice

Liana,

Queria ter deitado no seu colo para contar como foi o meu primeiro beijo. Diria que chovia, que foi durante um show do Barão Vermelho, que o menino era alto, tinha os olhos bem azuis e os cabelos encaracolados. Eu tinha 14 anos. Fiquei febril quando cheguei em casa. "Era isso, então, o desejo?", questionaria.

Pediria cafuné e falaria que, na entrada do evento, vi o rapaz em quem eu estava interessada de verdade. Esperaria algum conselho seu sobre o amor. Você provavelmente me diria que haveria muitos outros e que a febre era só o começo.

Eu perguntaria se você está apaixonada e como tinha conhecido aquele homem que estava namorando. O que ele estudava, o que ele fazia. Gostaria que você tecesse considerações sobre a paixão. Que me dissesse o quanto queima, o quanto emburrece, o quanto cria e o quanto dói.

Você me daria os melhores conselhos amorosos e eu ouviria atentamente suas histórias. Torceria todas as vezes pela sua felicidade no final.

Sinto, irmã querida, que você me secaria as lágrimas do amor.

Sua,
Alice

Liana,

Dia desses, escrevi no caderno que carrego dentro da bolsa: *O cotidiano abraça com garras a mulher.* As costas não conseguem se livrar dos arranhões frescos. Quando o sangue seca num lugar, liquefaz-se em vermelho aberto noutro.

Os anos foram bons para mim, mas a felicidade quase sempre é só horizonte.

Desenvolvi uma metodologia para não enlouquecer que tem funcionado relativamente bem:

> **1) Ocupar-se efusivamente de uma tarefa difícil:** acrescentar colheres de si na empreitada até quase dissolver-se inteira (mexer de forma vigorosa);
>
> **2) Não resistir às prescrições médicas e às alternativas terapêuticas:** engolir pontualmente os comprimidos, tomar nota de pesadelos e sonhos, trazer para as mãos os símbolos que eles dão, entregar o corpo à sessão de análise;
>
> **3) Tomar semanalmente um banho bastante longo e esfoliar a pele:** o produto caro deve repousar por alguns minutos sobre a tez morna, para que ela se desfaça com mais facilidade. Os movimentos de vai e vem, empurrando e puxando os grânulos, poderão ser feitos com mãos enluvadas. O banheiro tem de estar perfumado no final do processo;
>
> **4) Escoar os pensamentos:** botar no papel as ideias que rompem até que as palavras fiquem desbotadas, lavadas. A encadernação guardará os borrões dos dizeres lavanda;

5) Enfeitar-se até parecer doce: borrifar a fragrância floral na nuca, aprender a amarrar, com graça, o lenço de seda, escolher com cuidado os acessórios, devolver ao rosto as cores perdidas nos processos de dissolução;

6) Render-se ao choro e derramar. Sugestões de uso: ouvir canções de filmes em preto em branco (cantarolar baixinho); assistir às películas de amor em que nada acontece e, por isso, tudo acontece (por exemplo, *In the mood for love*, de Wong Kar-Wai); buscar na foto da pessoa amada o olhar que, naquele dia, aqueceu a vida (não encontrar).

Uma paixão, certa vez, quase me tirou do prumo. Tornei-me um rio turvo de violência discreta, prolífico de vida submersa. Lavei as margens transformando-lhe a paisagem até que entendi.

Bastava esperar a seca.
Bastava correr e
e v a p o r a r.

Irmã, será que os anos foram mesmo bons para mim?

Fosse meu coração uma pluma, diria que não é clausura.

É casulo.

Sua,
Alice

Liana,

Você estava comigo quando aprendi a coreografia de *Express Yourself* na frente da televisão *don't go for second best, baby*

Quando, nas festas, uma amiga tocava *Vogue* para eu dançar *look around, everywhere you turn is heartache*

Quando ouvia *Take a Bow* para chorar a vastidão das paixões inventada *all the world loves a clown*

Quando, ao lado daqueles que amo, gritei o refrão de *Ray of Light* de olhos cerrados *and I feel like I just got home*

Você está comigo quando meu coração quase emudece ao som de *Live to Tell I know where beauty lives*

Quando me reconheço nos versos de *Bad Girl I'm not happy when I act this way*

Quando a voz canta *Open Your Heart* de um jeito melancólico *one is such a lonely number*

Quando *Deeper and Deeper* faz a tristeza aquarelar *never gonna hide it again*

Nessa pista de dança

Para sempre

Você e eu.

Sua,
Alice

Liana,

Decidi cedo a faculdade que iria cursar: direito. Tentei fazer um desvio para as artes visuais — minha mãe ficou possessa porque, segundo ela, arte não dá dinheiro —, mas acabei voltando ao curso tradicional, que forma profissionais que ganham bem. Ao menos é o que se espera. Nossas irmãs tomaram a mesma rota e acabamos fincando os pés na estabilidade.

Você se lembra do meu caderno de perguntas? Nos anos 1990, toda menina tinha um. Por meio dele, descobri a cidade em que você nasceu, seu prato favorito, quem era sua melhor amiga e quem você levaria para uma ilha deserta. Uma questão ficou sem resposta:

— O que você quer ser quando crescer?

— .

Talvez ela nunca tenha sido feita. Fiquei, assim, sem saber sua vocação. Vocare. O que lhe chamava o coração?

Suspeito que sua trajetória seria mais acidentada seja por causa do vício seja pelo ensino médio jamais concluído. Erraram-na a competitividade e a ambição e, por isso, teríamos em você o contraponto.

Dói-me a ideia de que você pudesse ser a que não deu certo, a que causaria transtornos ao nosso pai, a que pediria dinheiro emprestado para fechar as contas do mês.

Quando tinha 16 anos, nossa irmã mais velha tentou me elevar ao seu patamar, apresentando-me livros de filosofia, como um de Elizabeth Badinter sobre o mito do amor materno, que me esclareceu muita coisa. Queria que eu lesse mulheres e tivesse um olhar crítico que me distanciasse da cultura provinciana em que nos formamos. Alguns eu li, outros ficaram pela metade ou nem sequer abertos foram. Fiquei uns degraus abaixo.

Você jamais foi atingida por esse desnível porque trilhava sua própria educação.

Se você buscasse o futuro num outro lugar, ficaria, aqui, em terra firme, aguardando notícias. Esperaria cartas suas, expedidas de portos diversos, contando-me da beleza dos ventos incertos, dos dias perfeitos e das noites de tempestade.

Rezo para que pense em mim sempre que brada, de onde quer que esteja, terra à vista.

Sua,
Alice

Liana,

Queria poder compartilhar com você um vídeo, um trecho do documentário *Un Jour Pina a demandé*. Na tela, um bailarino loiro e de linhas muito finas conta que Pina Bausch lhe pediu para fazer alguma coisa da qual ele tivesse orgulho de ter aprendido. Responde que aprendeu a cantar The Man I Love, de George Gershwin, na língua de sinais. Olha para a câmera enquanto a música toca ao fundo.

Sinaliza.

Recita a letra da canção num tom de voz baixo.

Sinaliza.

Minha caixa torácica produziu um rio que não pude conter.

O clipe pegou-me de surpresa e desenhou um nó no qual não consigo tocar. Acompanha-me diariamente, no banho, no trabalho, nas férias, durante o sono. Não sei, contudo, seu formato, do que é feito ou para que serve.

Carrego meu corpo enodado torcendo para ninguém notar. Mas acho que, sem querer, sempre me entrego: a fala entrecortada, o caminhar que mareia, os olhos aguados.

Queria mostrar-lhe o vídeo para tentar explicar. Ou eximir-me de explicar-me. Quiçá você compreendesse de primeira, segurasse minha mão e dissesse que é assim mesmo.

Quando ficou viúva, nossa avó passou a usar a aliança do marido. Depois que ela se foi, pude observar o par de anéis num porta-joias aveludado, redondo, cinza.

Procurei os vestígios do amor. Encontrei dois círculos imperfeitos.

O dourado não mais tão brilhante. O metal amassado. As marcas das horas, dos dias, dos anos. Marcas que nunca mais saem. Entendi que casamento é percorrer linhas tortas. As próprias e as do outro.

Ontem, a canção pegou-me novamente desprevenida, dessa vez, enquanto dirigia. Esperava para fazer uma curva, a fim de tomar o caminho de casa.

Someday he'll come along
The man I love
And he'll be big and strong
The man I love
And when he comes my way
I'll do my best
To make him stay

Fui tomada de assalto e chorei. Lembrei que um dia ele veio, o homem que eu amo. Forte e alto, o homem que eu amo. Ele pegou a minha mão e construiu comigo um lar, o homem que eu amo. Pergunto-me se estou fazendo o melhor para que ele fique.

Amar é caminho;
às vezes, tudo o que se pode enxergar é neblina.

Sua,
Alice

Liana,

Quando eu tinha uns 13 anos, nosso pai apresentou-me a Lygia Fagundes Telles. *Ciranda de Pedra* foi o primeiro que li. Passaram-se os anos e Lygia ainda é minha autora favorita.

Qual era a sua autora favorita, irmã? O que você lia para espantar o tédio? Quais frases sublinhava? Quantas vezes se cortou no papel e acudiu a dor com os lábios? Será que você escrevia?

Imagino um diário seu: um caderno de capa dura, verde-musgo, fechado, jogado sobre a cama recém-feita.

A paixão.

Uma foto escondida entre as páginas.

O registro da primeira dor.

Você devia escrever seus poemas a lápis. A ponta arredondada, a extremidade com as marcas dos seus dentes. A palavra molhada na saliva. A madeira como trampolim.

Espero que você tenha desenhado muitas estrelas e corações no papel amarelado. Gostaria de ver os rabiscos na contracapa feitos durante uma longa conversa por telefone. Um riso, um risco.

Se ainda não fizesse parte de sua coleção, dar-lhe-ia um exemplar de "As Meninas".

Eu como Lorena,

Você como Ana Clara.

Diria que é você minha Ana "Turva". Linda, *gauche,* corajosa (a coragem pode ser fatal).

Comprei um compilado de contos da Lygia. Tenho lido um por noite como fazem os religiosos com as passagens da Bíblia.

Depois de beber cada capítulo-versículo-feminino, acaricio a imagem da escritora na capa.

Sempre estremeço quando leio a dedicatória:

"Para Marina e Lygia, as minhas meninas"

Perco um pouco do ar porque me passa pela cabeça, como um vulto, com uma assombração, que, se fosse mãe, Lygia seria o nome da minha filha.

Uma menina, Liana.

Sem mãe

Nem tia.

Nosso pai, certa vez, comentou que você talvez estivesse grávida pouco antes da partida. Jamais tentei confirmar a informação. Às vezes, acho que inventei essa parte da história e que, na verdade, não havia criança nem nada.

Disseram-me que a vontade de gestar alguém um dia me viria, como vêm as aves migratórias ao Pantanal, como buscam as abelhas os grãos de pólen, como voam os esporos dos fungos para encontrar madeira úmida, viva. Passaram-se os anos e chegaram-me desejos outros — para mim, tão bonitos quanto. Talvez a natureza tenha me esquecido; talvez ela seja eu.

A menina, irmã querida, não virá de nenhuma de nós.

Sua,
Alice

Liana,

Você chegou um dia na minha casa com duas bonecas: duas Suzies com roupas da década de 1980, uma loira e uma ruiva. A loira estava trajada de noiva, a ruiva portava um macacão rubro.

Peguei de sua mão a Suzie noiva. Olhei seu rosto redondo, os olhos com cílios bem longos, o cabelo liso com aparência de escovado um pouco abaixo dos ombros. Ela usava um véu que ia até a cintura e um vestido branco acetinado de mangas longas boca de sino e saia evasé. Parecia uma noiva contente.

Não entendia a graça em ser noiva, em querer um casamento na igreja, com um padre impondo dogmas religiosos. Você nunca havia falado em noivar ou casar de véu e grinalda, mas apareceu com aquela Suzie vestida de branco.

Na Suzie ruiva, via uma mulher independente em seu macacão vermelho-vivo.

Embora soubesse que eu só brincava com Barbies e que, em breve, abandonaria as bonecas, você quis me dar as Suzies de presente. Fiquei feliz ao receber aquelas duas minimulheres de plástico tão bem conservadas.

Lembro-me de que, nas noites em que cuidava de mim, quando meus pais saíam, nosso jantar era macarrão instantâneo. Minha mãe proibia que eu comesse aquilo com frequência, o que deixava o prato ainda mais tentador.

Você o preparava com a agilidade de uma cozinheira experiente e o servia para nós duas. Durante o jantar, conversávamos sobre algum assunto que não podia ser falado perto dos adultos. Uma vez, contou-me sobre como tinha sido difícil a separação dos pais. Ouvi com atenção. Fiquei constrangida por pertencer à família que tinha em casa o pai que dividíamos.

No dia em que ganhei as bonecas, percebi que você queria demonstrar que gostava de mim. Dava para notar que as Suzies lhe eram caras. Estavam impecáveis, apesar da passagem do tempo.

Nessa época, você havia voltado a estudar e não dava sinais de que não queria mais estar ali. Tampouco fazia planos para o futuro. Nunca soube que faculdade você pretendia cursar, qual profissão gostaria de exercer, quais lugares gostaria de conhecer. Você vivia o presente.

Irmã querida, é estranho pensar que o patrimônio descomunal que você me deixou cabe num inventário diminuto:

Duas Suzies
Meia dúzia de fotos
Uma pulseira de moedas douradas
Uma fita cassete preta com músicas da Madonna
Alguns fins de semana em três anos de convivência
Um pai calado
Uma filha única com meias-irmãs
Uma falta que ainda corta

(não mais, contudo, os punhos)

Ainda sua
(mas, agora, também de mim mesma),
Alice

Para Aline.

O trecho citado na página 61 foi extraído da música
Speak Low, de Kurt Weill e Ogden Nash.
Os textos em itálico da página 73 são títulos
e excertos de canções da Madonna.

Na obra literária "As virgens suicidas", de Jeffrey Eugenides, Cecilia Lisbon, depois de uma tentativa de suicídio — novamente eles, os punhos —, é atendida por um médico, que pergunta: "O que você está fazendo aqui, meu bem? Você nem tem idade para saber o quanto a vida pode se tornar ruim". Ela, então, responde: "É óbvio, doutor (...), você nunca foi uma menina de treze anos".

Lisbon, personagem que quase transborda a ficção, estava certa: só meninas entendem outras meninas.

Essa dor — como a de Cecilia — parece brotar de uma ferida que se cria na adolescência e não se fecha jamais. A minha abriu-se quando tinha 15 e, desde então, acompanha-me, constitui-me.

Rebento a partir desse buraco no peito. Por isso este livro.

Dedico-o às garotas de 13. Àquelas que envelheceram e sabem o que é percorrer a vida adulta de vestido branco e coração partido.

Este livro foi composto na tipologia Garamond 11/15
impresso em Papel Pólen Bold 90g/m2 em agosto de 2024
para a Editora Patuá.